Alice im Wunderland

Bilder von Francesc Rovira

Delphin Verlag

Es war einmal ein kleines Mädchen, das wollte zu gern einmal das Wunderland sehen. Seine ältere Schwester behauptete zwar immer wieder, daß es dieses Land nicht wirklich gebe, aber Alice träumte trotzdem weiter davon. Eines Abens gingen Alice und ihre Schwester spazieren, und als sie müde wurden, setzen sie sich unter einem Baum nieder.

„Erzähl mir eine Geschichte", bat Alice ihre Schwester.

Diese nahm das Buch, das sie immer bei sich trug, und las der Schwester daraus vor. Alice kannte die Geschichte schon und schaute ein wenig gelangweilt umher. Da entdeckte sie zu ihrer Verblüffung ein äußerst elegant gekleidetes weißes Kaninchen.

„Ich komme zu spät, ich komme zu spät", wiederholte es immer wieder und sah besorgt auf seine Taschenuhr, während es einen Hügel hinauflief.

Alice hatte noch nie ein Kaninchen gesehen, das sprechen konnte, und schon gar nicht eins, das so elegant gekleidet war. Also wurde sie neugierig, und statt ihrer Schwester weiter zuzuhören, lief sie ihm hinterher. Aber nach wenigen Metern schlüpfte das weiße Kaninchen in ein Loch in einem Baumstamm und war verschwunden.

„O wie dunkel ist es da drinnen!“ sagte das Mädchen und sah in das Schlupfloch hinein.

Plötzlich verlor sie das Gleichgewicht und fiel in das Loch. Sie fiel und fiel, und je tiefer sie fiel, desto heller wurde es um sie. Die merkwürdigsten Gegenstände flogen an ihr vorbei: Stühle, Geschirr, Ziehharmonikas, Pfeifen, Bücher, Masken und vieles andere mehr.

„Wann ich wohl endlich unten ankomme?“ fragte sich Alice, der schon leicht schwindlig war.

Schließlich schlug sie auf einem Haufen Stroh auf, ohne sich weiter weh zu tun. Sie sah sich um und sah, daß sie sich in einem Zimmer befand, in dem alles sehr klein war. Sie stieß mit dem Kopf an die Decke.

„Wo ist denn der Baumstamm geblieben?“ wunderte sich Alice und verstand überhaupt nichts mehr. Mitten im Zimmer stand ein kleiner Tisch, und darauf sah sie ein winziges Fläschchen mit der Aufschrift: Trink mich! Alice befolgte diese Aufforderung, aber kaum hatte sie davon getrunken, als sie zusammenschrumpfte und so winzig wurde, daß ihr sogar das eben noch so kleine Tischchen wie ein Berg vorkam. Das war ja eine schöne Überraschung! Alice kletterte das Tischbein hinauf, um einen besseren Überblick zu haben. Auf dem Tisch entdeckte sie einen Teller mit Keksen und einer Karte, darauf stand: Iß mich! Und das tat Alice denn auch. Aber diesmal wurde sie nicht kleiner, sondern immer größer, bis sie den Kopf einziehen mußte, um nicht an die Decke zu stoßen.

Das Mädchen erschrak und begann zu weinen. Erst weinte sie eine Pfütze, dann einen ganzen See, und schließlich entstand solch eine Strömung, daß Alice durch das Schlüsselloch ins Freie gespült wurde. Draußen schien die Sonne, und der Wald leuchtete grün und gelb. Sie begegnete einer Gans, die zu gern schnatterte und ihr ihr ganzes Leben erzählte, bis das weiße Kaninchen wieder auftauchte und ihr auftrug:

„Geh zu mir nach Hause und hol meine Handschuhe!"

Gehorsam ging Alice zum Haus des weißen Kaninchens, das sehr hübsch und sauber war. Auf dem Tisch standen appetitliche kleine Kuchen. Alice konnte nicht widerstehen und aß einen auf. O Schreck! Alice begann wieder zu wachsen, bis sie Hände und Füße zu den Fenstern herausstrecken mußte. Draußen schimpfte das weiße Kaninchen erbost.

Aber schon war Alice wieder ganz klein und floh aus dem Haus und in den Wald. Dort begegnete ihr ein neues Wunder: Auf einem Pilz saß ein Wurm, der Pfeife rauchte!

„Hallo, Alice“, begrüßte sie der Wurm. „Wenn du die eine Seite von diesem Pilz anknabberst, wirst du ganz klein, und von der anderen ganz groß.“

Alice konnte sich nicht entscheiden. Schließlich aß sie ein wenig von jeder Seite, aber anscheinend war das keine gute Idee. Ihr Hals wurde immer länger, die Beine immer kürzer, und die Arme blieben, wie sie waren. Über ihr auf einem Ast saß eine Katze und grinste über ihre Probleme.

„Ich bin die Grinsekatze“, erklärte das Tier. „Laß mich mein Mittagsschläfchen machen und geh zum Haus des Märzhasen. Dort ist es lustig.“

Am Haus des Märzhasen ragten zwei lange Ohren aus dem Dach. Alice kam genau in dem Augenblick an, als der Märzhase und der Hutmacher zusammen Tee tranken. Alice fragte, wie spät es sei, weil sie meinte, ihre Schwester würde sie vermissen.

„Es ist Montag“, sagte der Märzhase.

„Seine Uhr geht nach“, warf der Hutmacher ein.

„Sie braucht Marmelade, damit sie wieder geht.“

Es kamen noch mehr so dumme Bemerkungen, und endlich wurde es Alice zu blöd, und sie ging weiter. Sie kam über ein paar Hügel, und plötzlich sah sie etwas Wunderbares: eine Wiese voll weißer Rosenstöcke.

Aber sie konnte sich nicht lange daran erfreuen. Gleich kamen drei Spielkarten mit Köpfen, Armen und Beinen und malten die Rosen mit roter Farbe an. Alice fand das sehr schade.

„Warum tut ihr das?“ fragte sie böse.

„Weil es die Königin so will“, war die Antwort.

„Sie kann weiße Rosen nicht ausstehen.“

Da ertönten Fanfaren, und die Königin erschien selbst auf der Wiese.

Es war die Herzkönigin, und ihr Gefolge bestand aus lauter Spielkarten, die, mit Lanzen bewaffnet, kriegerisch einherschritten.

„Wer wagt es, aufrecht stehen zu bleiben, wenn ich komme?“ fragte die Königin streng.

Alice stellte sich vor, und die Königin wollte wissen, ob sie Krocket spielte.

„Ein bißchen“, sagte Alice.

Es wurde aber ein ganz besonderes Krocket gespielt.

Als Schläger dienten Flamingos, und als Bälle dienten lebende Igel. Alice weigerte sich, so mit den Tieren umzugehen, und die Königin wurde sehr wütend. Da erschien in einem Baum die Grinsekatze und flüsterte Alice zu:

„Trau der Königin nicht.“

Recht hatte sie, denn schon gab die Königin den Befehl, Alice festzunehmen und vor Gericht zu stellen. Sogleich begann der Prozess, mit einem Richter und Geschworenen und vielen Tieren als Publikum.

Alice begann zu bedauern, daß sie dem weißen Kaninchen gefolgt war, und wünschte, sie wäre zu Hause.

„Was habe ich denn verbrochen?“ fragte sie ganz eingeschüchtert.

„Du hast es der Königin gegenüber an Ehrerbietung fehlen lassen, und außerdem hast du überhaupt keinen Paß für das Wunderland“, antwortete ein Hase mit Schnurrbart.

Jetzt reichte es Alice, und wutentbrannt rief sie aus:

„Was redet ihr da für einen Unsinn! Ich bin nur aus Neugierde hier, und ihr könnt mir glauben, das es mir schon leid tut! Und außerdem lasse ich mir von einem Haufen komischer Karten schon gar nichts gefallen!“

Die Königin wurde krebsrot vor Zorn.

„Du freche Rotznase!“ brüllte sie.

„Du“, sagte Alice zur Königin, „du bist überhaupt die Schlimmste von allen. Es ist barbarisch, Rosen in einer anderen Farbe anzumalen, und man spielt auch nicht mit Tieren so grausam herum!“

Die Königin richtete sich auf, und die Richter bedeckten vor lauter Angst vor dem Zorn der Herrscherin die Köpfe mit den Armen.

„Auf, ihr Soldaten! Packt sie und werft sie ins Gefängnis, wo sie den Rest ihres Lebens verbringen soll.“

Und schon drangen die Spielkarten auf sie ein, die Lanzen im Anschlag. Sie bildeten einen Ring um Alice, so daß sie nicht mehr fliehen konnte.

„Hilfe!" schrie Alice und wünschte sich weit weg aus diesem Land, wo Dummheit und Unverschämtheit regierten.

Zum letztenmal erschien die Grinsekatze im leeren Raum.

„Es gibt keinen Ausweg! Es gibt keinen Ausweg!" wiederholte sie.

Alice wurde jetzt von einem Strudel ohne Anfang und Ende erfaßt und stieg unaufhörlich Treppen hinauf, die aus Spielkarten gebildet waren und ins Nichts führten. Dieser Alptraum wollte kein Ende nehmen, und Alice stöhnte und schrie:

„Schwesterchen, hilf mir! Hilfe, Schwesterchen!"

Da fühlte sie eine Hand auf ihrer Stirn, öffnete die Augen und sah ihre Schwester vor sich sitzen. Sie saßen unter demselben Baum, unter dem sie sich niedergelassen hatten, um auszuruhen. War es etwa noch gar nicht lange her, daß die Schwester ihr eine Geschichte vorgelesen hatte? Und ihre Erlebnisse im Wunderland - hatte sie die nur geträumt?

„Ich bin eingeschlafen", stellte Alice fest und war sehr froh, daß sie aufgewacht war. „Ich glaube, ich war im Wunderland."

Ihre Schwester lächelte. Und auch jemand anderer lächelte, jemand, der gar nicht weit weg im Schlupfloch eines hohlen Baumstamms verborgen war. Es war ein weißes Kaninchen, sehr elegant gekleidet und mit einer großen Taschenuhr in der Hand...

Delphins moderne Märchen-bilderbücher.